- HERGÉ -

LES AVENTURES DE TINTIN

TINTIN EN AMÉRIQUE

casterman

www.casterman.com
www.tintin.com

ISBN : 2-203-00305-7

Dépôt légal : septembre 2006 ; D. 2006/0053/538.
Achevé d'imprimer en avril 2013, en France par Pollina s.a., Luçon - L64566.

TINTIN EN AMÉRIQUE

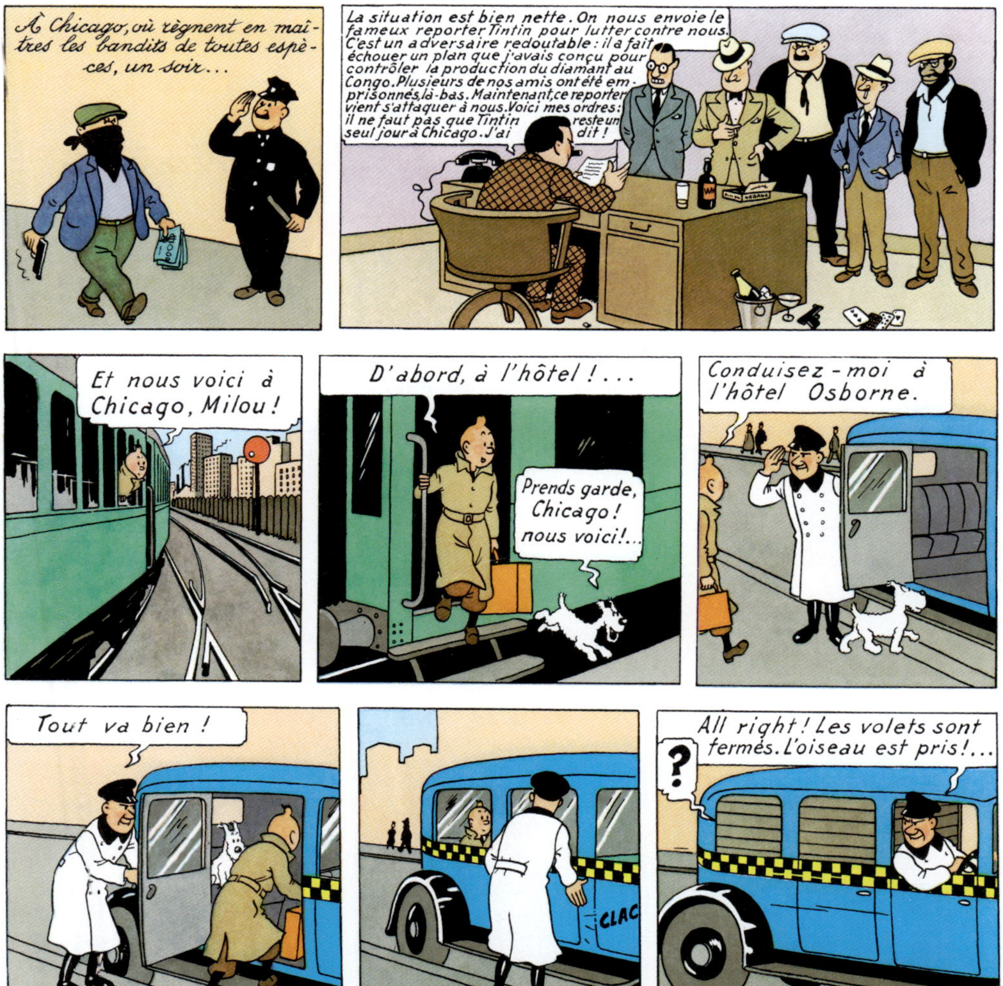

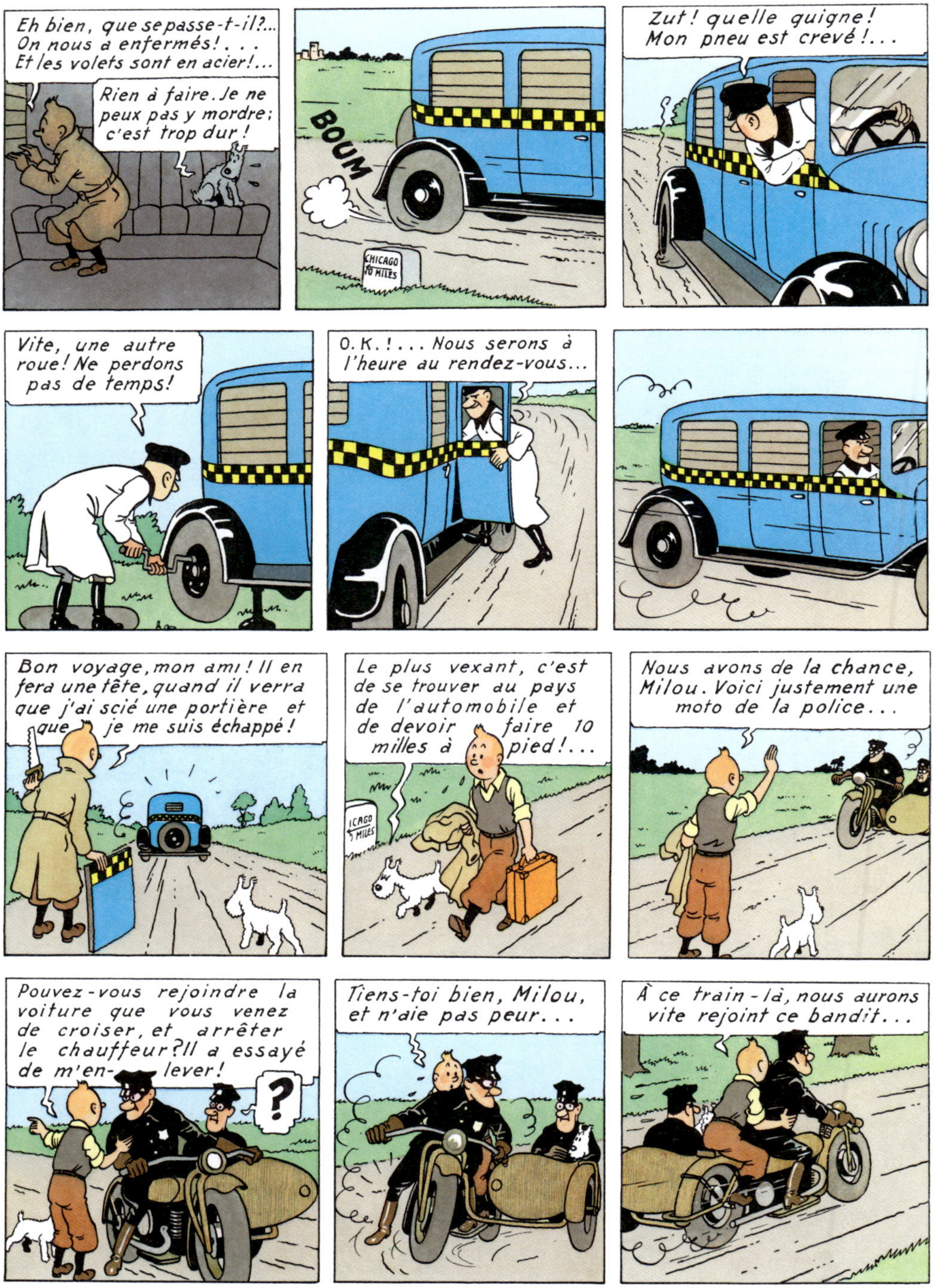
Eh bien, que se passe-t-il?... On nous a enfermés! . . . Et les volets sont en acier!...
Rien à faire. Je ne peux pas y mordre; c'est trop dur!
BOUM
CHICAGO 10 MILES
Zut! quelle guigne! Mon pneu est crevé!...
Vite, une autre roue! Ne perdons pas de temps!
O.K.!... Nous serons à l'heure au rendez-vous...
Bon voyage, mon ami! Il en fera une tête, quand il verra que j'ai scié une portière et que je me suis échappé!
Le plus vexant, c'est de se trouver au pays de l'automobile et de devoir faire 10 milles à pied!...
ICAGO
Nous avons de la chance, Milou. Voici justement une moto de la police...
Pouvez-vous rejoindre la voiture que vous venez de croiser, et arrêter le chauffeur? Il a essayé de m'en-lever!
?
Tiens-toi bien, Milou, et n'aie pas peur...
À ce train-là, nous aurons vite rejoint ce bandit...

Est-ce cette voiture-là?...
Oui, c'est celle-là!
STOP!
Haut les mains!...
Pour quelle raison m'avez-vous enlevé?...
On m'avait promis 500 dollars si je parvenais à vous embarquer dans ce taxi, à baisser les volets d'acier, et à vous déposer à un endroit convenu...
Où cela?...
L'endroit où je devais vous conduire?... Eh bien... j'espère qu'il sera tenu compte de ma sincérité... Je suis prêt à vous l'indiquer.
?
Là! un boomerang!...
Thank you!
Il file avec notre moto!
Good bye!

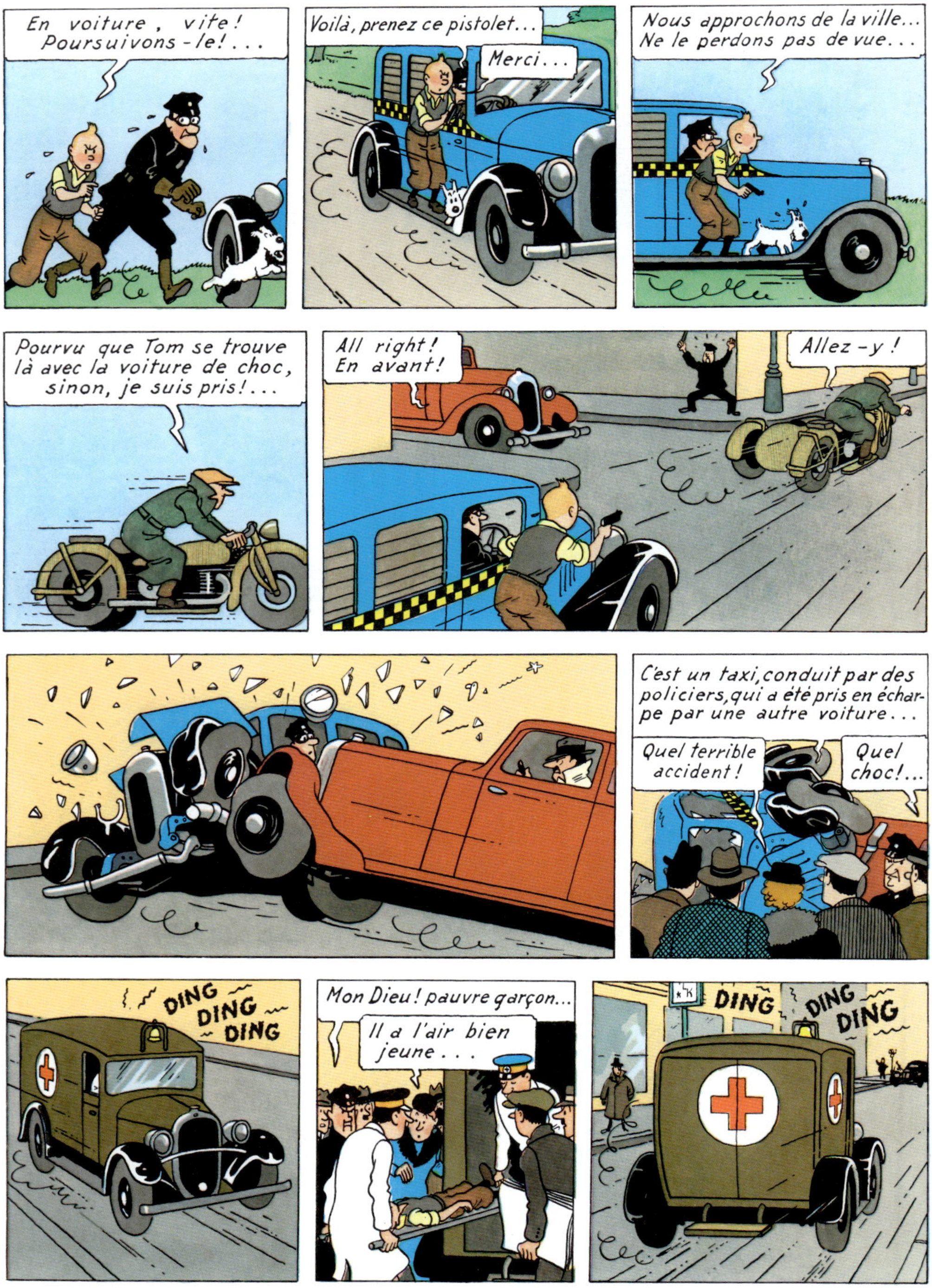
En voiture, vite! Poursuivons-le!...
Voilà, prenez ce pistolet...
Merci...
Nous approchons de la ville... Ne le perdons pas de vue...
Pourvu que Tom se trouve là avec la voiture de choc, sinon, je suis pris!...
All right! En avant!
Allez-y!
C'est un taxi, conduit par des policiers, qui a été pris en écharpe par une autre voiture...
Quel terrible accident!
Quel choc!...
DING DING DING
Mon Dieu! pauvre garçon...
Il a l'air bien jeune...
DING DING DING

Quelques jours après...
HOSP
Nous voilà enfin sur pied. Cela aurait pu être plus grave...
Cela fait du bien de prendre l'air!
Quel trafic!
Je plains les chiens chicagolais qui doivent traverser la rue...
?
?
CLAC
?
Soyons prudent!
Alors, ça va?... Tu préviens le patron?
Du calme, n'est-ce pas, mon petit ami: je vous ai à l'œil!... Voilà le patron.
Que m'est-il arrivé?...
Ah! ah! le voilà, ce fameux reporter! Et c'est ce petit freluquet-là qui voulait s'attaquer à moi, le roi des bandits de Chicago?...
Vous avez bien travaillé. Voici la somme convenue...
Merci, chef!
Et voilà pour vous. Et maintenant, débarrassez-moi bien vite de ce gaillard...
Bien, chef!

Pas moyen d'échapper à ce gredin! Cette fois, je suis perdu!
Vite, il n'y a pas un instant à perdre!...
Un...
Deux...
Et trois!....
Merci, Milou!...Une fois de plus, tu m'as sauvé la vie!...
Ça lui a coupé le sifflet, hein!... Tu as vu ça?
Voyons maintenant, que se passe-t-il ici?...Peut-être trouverai-je le moyen d'arrêter cette bande de malfaiteurs...
Veux-tu que j'aille appeler la police, Tintin?
Que m'est-il arrivé?
Aussi vrai que je m'appelle Pietro, je vais prendre ma revanche!
Je n'ai plus mon revolver, mais voici une arme tout aussi terrible...
Que racontent-ils?...
Que se passe-t-il?...

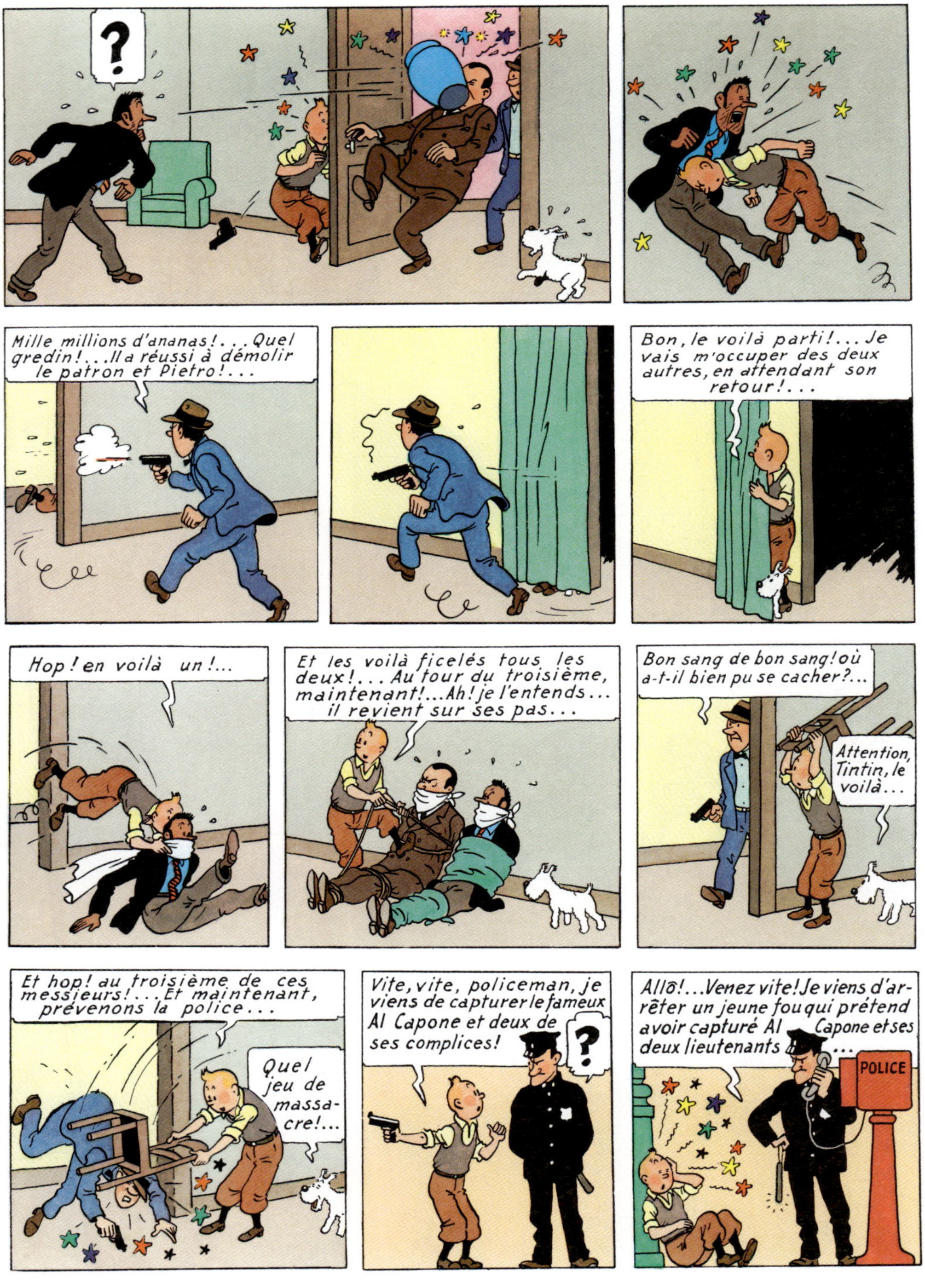
?
Mille millions d'ananas!...Quel gredin!...Il a réussi à démolir le patron et Pietro!...
Bon, le voilà parti!... Je vais m'occuper des deux autres, en attendant son retour!...
Hop! en voilà un!...
Et les voilà ficelés tous les deux!... Au tour du troisième, maintenant!...Ah! je l'entends... il revient sur ses pas...
Bon sang de bon sang! où a-t-il bien pu se cacher?...
Attention, Tintin, le voilà...
Et hop! au troisième de ces messieurs!...Et maintenant, prévenons la police...
Quel jeu de massacre!...
Vite, vite, policeman, je viens de capturer le fameux Al Capone et deux de ses complices!
?
Allô!...Venez vite! Je viens d'arrêter un jeune fou qui prétend avoir capturé Al Capone et ses deux lieutenants...
POLICE

Eh bien, où traîne la voiture cellulaire?... Elle devrait déjà être ici...
Pourquoi, mais pourquoi m'a-t-il assommé?...
POLICE
Dites donc, policeman, que signifie cela? Je vous répète que j'ai fait prisonniers Al Capone et...
Encore?!
!
Aïe! un autre policeman!... Me voilà pris...
Attrape-le, Tom! Attrape-le!...
Sauvé!...
Ouf! j'ai eu de la chance! Me voilà débarrassé d'eux!
Et maintenant, comment retrouver Milou? Je ne pourrais jamais reconnaître la maison où il est resté...
Mais, mais... on dirait Milou, ma parole!
Wouah! Wouah!
REFRES
Comment es-tu arrivé ici?...
Oh! je meurs de soif! Laisse-moi d'abord me rafraîchir. Je te raconterai ensuite...
Wonderful, indeed!
REFRESH

...Alors, un autre homme est venu les détacher. J'ai essayé de l'en empêcher, mais, tout Milou que je suis, à quatre contre un, la partie n'était plus égale, et j'ai dû m'enfuir. J'ai suivi ta piste, et me voilà!...
C'est très bien, Milou. Tu es un brave chien!
Voici enfin l'hôtel où je suis attendu depuis quelques jours...
Oh! oh! quel palace!
Ah! vous voilà, Monsieur Tintin!... Nous désespérions de vous voir. Votre chambre est prête depuis plusieurs jours...
Oui, j'aurais dû arriver plus tôt, mais j'ai été retardé.
Ah! ah! voici le gaillard. Je vais immédiatement prévenir le patron...
C'est au 37e étage, Monsieur.
Bon!
Voici votre chambre, Monsieur Tintin.
Merci.
Tiens?... Une lettre pour moi?...
Mr. Tintin,
Dernier avertissement!...
Il y a un train pour New-York demain, à 11.55 h. Là, il y a un paquebot en partance pour l'Europe...
Si demain, à midi, vous n'avez pas quitté Chicag
votre vie ne vaudra pas lourd...
Voilà, Monsieur Al Capone, ce que je fais de vos menaces!
Oui, voilà ce que nous faisons de vos menaces...
Le lendemain, à 11.55 h.
RRRING
RRRING
Allô?... Allô?... Allô?... Allô?...
Que nous veut-on, Tintin?
Allô... Allô??...
Tout va bien! Tout va bien!... Ce coup de téléphone m'a permis d'entrer sans éveiller son attention!
Curieux... On a raccroché... Une erreur, sans doute... Et cependant, on chuchotait à l'autre bout du fil...

?
Doucement... Pas de bruit...
Ne t'inquiète pas, Milou. Reste ici. Je vais lui jouer un tour à ma façon...
?
Eh bien? Où est-il donc?...
?
Haut les mains, cher Monsieur!...
Allô!...Allô!... Ici, Tintin!... Oui... envoyez-moi tout de suite deux policiers...

Entrez!...
Permettez-moi de vous féliciter, Monsieur Tintin. Vous avez capturé là un dangereux malfaiteur. Voulez-vous nous suivre au poste de police, pour les formalités d'usage?...
Avec plaisir!
Veuillez me suivre, Monsieur Tintin. Le commissaire vous attend...
Tout cela me semble louche!... Heureusement, j'ai pris mes précautions: je suis armé!...
Veuillez entrer, je vous prie...
POLICE
POLICE
G.– GANGSTERS'
S.– SYNDICATE OF
C.– CHICAGO
G.S.C.

How do you do, Mister Tintin?... Enchanté de faire votre connaissance. Asseyez-vous, please!... Un cigare?... Non?... Alors, allons droit au but!
Je suis le chef de l'association ennemie d'Al Capone. Je vous offre 2000 dollars par mois pour m'aider à lutter contre lui. De plus, si vous me tuez Al Capone, vous toucherez une prime de 20.000 dollars. Vous acceptez? Voici, signez le contrat...
?
Haut les mains, bandit!... Et remettez-moi ce papier!... Sachez que je suis venu à Chicago pour vaincre les gangsters et non pour me faire gangster moi-même...
Je vais commencer par vous faire arrêter...
Ah!... Vous croyez?...
Épatant, ce petit mécanisme placé sous le pied!...
J'ai été joué!... Et me voilà pris!... Oh! oh! de la fumée?... Quelle drôle d'odeur.... Est-ce que...
Mais oui, c'est un gaz asphyxiant! Ils veulent m'empoisonner! Vite, mon mouchoir!...
Rien à faire!... Je suis perdu... J'étouffe... La poitrine me brûle...
Le voilà, Bill!... Notre gaz O.X 2 Z. a fait merveille!
Et maintenant, au lac Michigan!... En vitesse!...
Personne en vue... Ça va, Bill, tu peux venir...

Allons-y, balançons-le!... Un... Deux...
Trois!
Voilà qui est fait. Viens, nous rentrons.
BAR
Tonnerre!... Retournez tout de suite d'où vous venez! Vous vous êtes trompés de gaz!... Ce n'est pas le O.X2Z, c'est le soporifique Z 4 que vous lui avez donné!... Le contact de l'eau l'aura ranimé. Retournez là-bas et supprimez-le!...
Si tu le vois, ne le rate pas, hein!...
Sois tranquille!...
Haut les mains!...
?
?

Déposez vos pistolets!...
Surtout, pas un mouvement, ou je vous brûle la cervelle!...
Merci!...Vous êtes bien aimables!...Je n'avais pas d'arme!
?
?
PAN
Grâce!...Grâce!...
Rassurez-vous! J'appelle simplement la police!...
Que se passe-t-il?...
Policemen, veuillez prendre livraison de ces deux individus. Ce sont de dangereux bandits!...
Le lendemain.
CHICAGO TRIBUNE!... Deux gangsters capturés par un jeune reporter!... Nombreux détails!... Révélations sensationnelles!... Demandez le Chicago Tribune!...
Tu vois?...C'est lui, là-bas, dans ce fauteuil...Il y a un chien près de lui. Vise bien et envoie-lui une bonne rafale de ta mitraillette. Ne le rate pas, surtout...
TAC
TAC
TAC
TAC
TAC
Ça y est!... Magnifique!
Oh! je ne rate jamais mon homme...
Combien te dois-je?
Ce sera le tarif habituel: mille dollars.
J'espère que vous êtes satisfait. Excusez-moi de vous quitter aussi rapidement, mais j'ai encore trois affaires à traiter ce matin...Good bye!
Good bye!

Eh bien, Milou, qu'en dis-tu?... Avais-je raison de me méfier des fenêtres?... Les mannequins que j'y avais placés sont transformés en écumoires!...
Tu avais raison, Tintin!... Mais... est-ce que... n'y aurait-il pas moyen de... Ces mannequins ne pourraient-ils pas continuer ton enquête, à notre place?...
Et maintenant qu'ils se croient débarrassés de moi, je m'en vais leur préparer une petite surprise, à ces gredins...
Ah oui?... Encore des mannequins?...
Le lendemain...
Dis donc, Bob, je viens d'apprendre qu'un camion de la bande Coconut transportera, cet après-midi, plusieurs tonneaux de whisky. Ils seront cachés dans des fûts à essence. Qu'en penses-tu?
C'est bien simple : le camion sera à nous...
J'ai bien l'impression qu'on nous attendra quelque part...
Hein! que vous avais-je dit?...
Allons, descendez!... Et plus vite que ça!... Le premier qui bouge...
Haut les mains!...
Haut les mains!...
Haut les mains!...

Mes félicitations, Monsieur Tintin! Toutes mes félicitations!... Grâce à vous, nous avons réussi un magnifique coup de filet. Je ...
Tonnerre! que se passe-t-il?...
PAN
PAN
PAN
Good bye!...
Tonnerre de tonnerre!... Filer ainsi à mon nez et à ma barbe!... Et c'est Bobby Smiles, le chef de la bande!
Soyez tranquille, je vous le ramènerai, votre Bobby Smiles!
Le lendemain...
Voici deux dépêches qui me signalent la présence de ce bandit à Redskincity, une toute petite ville, près des Réserves de Peaux-Rouges. Milou, nous partons pour Redskincity!
Mais... mais... On ne va tout de même pas aller chez les Peaux-Rouges, dis, Tin-tin?...
Deux jours de chemin de fer pour arriver jusqu'ici!... Enfin nous y sommes: c'est l'essentiel.
REDSKINCITY
Tu vois, Milou?... Voilà un vrai Peau-Rouge.
J'ai l'impression que notre accoutrement fait sensation ici, Milou!...
$5
$4
Attends-moi, Milou. Je vais m'acheter un costume...
S'ils se figurent que je vais adresser la parole à des chiens peaux-rouges!...
Oui, c'est la toute dernière nouveauté. La ceinture de cartouches est inclinée à droite. L'hiver dernier, c'était à gauche...
Ça va. C'est très bien!

Sapristi! c'est le Patron qui va en faire une tête!...
Patron!... Patron!...
Patron... prenez garde! Tintin vient d'arriver! Je suis certain qu'il est sur votre piste!...
Tonnerre!
Pendant ce temps...
Je crois que j'ai là un cheval qui fera votre affaire...
Oh! le beau cheval!
Voilà!... Celui-ci est très doux. Il s'appelle Béatrice...
Bonjour, Béatrice!
Euh!... Ce cheval me plaît, oui... mais... euh... vous n'auriez pas le même... en plus clair? La robe de celui-ci ne me convient guère!... Et puis... euh... n'auriez-vous pas un cheval qui ait meilleur caractère?...
Vous serez content de celui-ci...
Oui, je le crois moins colérique!...
Vas-y, Milou! Conduis-moi au repaire des bandits!

Arrête-toi, Tintin. Nous y sommes.
Haut les mains!
Personne?...
Oh! là-bas, le voilà!... Il s'enfuit à cheval, le gredin!... On l'aura prévenu de mon arrivée...
A nous deux, Monsieur le bandit!...
Tu ne m'échapperas pas, mon ami! Je vais te ficeler comme un sau-cisson!...
PAN
PAN
Tintin!... Attention, malheureux!... Tu ligotes ton propre che-val!

Hé!hé! ça lui apprendra à se servir d'un lasso!...Avant qu'il ne se soit dépêtré, je serai loin!...
Sapristi! des Peaux-Rouges!...Comment me tirer d'affaire?...
Salut, puissant Sachem!... Que la paix soit avec toi.
Salut, ô Visage-Pâle!... Que viens-tu faire sur le territoire de chasse des Pieds-Noirs?
Puissant Sachem, je suis venu te dire qu'un jeune guerrier blanc vient vers vous. Son cœur est plein de haine et sa langue est fourchue. Prends garde à lui, car il veut dépouiller la noble tribu des Pieds-Noirs de ses territoires de chasse. J'ai dit!...
Ô guerriers Pieds-Noirs, un jeune Visage-Pâle va venir vers nous... Il veut, par la ruse, nous voler nos territoires de chasse!... Que le Grand Manitou remplisse nos cœurs de haine et rende nos bras puissants. Déterrons la hache de guerre contre le Visage-Pâle au cœur de coyote!...
Quant au Visage-Pâle-aux-yeux-cerclés-d'écaille, qui nous a avertis du danger qui planait sur nos têtes, qu'il soit le bienvenu parmi les Pieds-Noirs. Et que le Grand Manitou le comble de ses bienfaits!
Et maintenant, déterrons la hache de guerre.
Le Sachem a bien parlé.
Nom d'un calumet!...Je ne parviens plus à me rappeler l'endroit où l'on a enterré la hache de guerre, lors de la dernière paix!...
Zut!..

Oui, Milou, nous avons perdu un temps précieux à nous délier. Maintenant, la nuit va tomber. Il va falloir s'arrêter et camper. Nous reprendrons la poursuite demain!...
Arrêtons-nous ici...
Demain matin, dès l'aube, nous nous remettrons en route. Il ne faut pas que ce scélérat nous échappe...
Voilà bien ma veine!... Il faut coûte que coûte retrouver cette hache de guerre, sinon Tintin sera ici demain, et je devrai de nouveau prendre la fuite...
Voici le jour. En avant, mon vieux Milou!...
Déjà ?
Eh bien?
Hélas! les Pieds-Noirs n'ont toujours pas retrouvé leur hache de guerre!...
Et alors?
Alors?... C'est bien simple: les Pieds-Noirs ne peuvent évidemment pas partir en guerre contre le Visage-Pâle.
Tonnerre! Au diable les Peaux Rouges!... Fuyons donc, puisqu'ils ne veulent pas se battre.
La hache!
?
Notre hache est retrouvée!... Le Grand Manitou veut la guerre!
Voilà une heureuse chute!
Grand Manitou! Grand Manitou! Donne la victoire à tes guerriers!
En avant!... Aux chevaux!... Mort au Visage-Pâle!...

Tiens? voilà des Indiens!... Eh bien! Milou, si je ne savais pas que, de nos jours, les Peaux-Rouges sont pacifiques, je ne me sentirais pas rassuré!...
Moi, j'ai peur, Tintin!...
Eh bien?... Eh bien?... En voilà une curieuse façon de souhaiter la bienvenue aux étrangers!
Enfin, les voilà partis, ces sauvages! Dieu! que j'ai eu peur...
Milou, tu n'as pas été chic! Tu as abandonné Tintin.
Quelles curieuses coutumes, vraiment!
Le Visage-Pâle n'a pas un cœur de squaw: il est calme et souriant.
Nous verrons ça tout à l'heure!
Tu n'es qu'un poltron, Milou!... Qui sait? Tintin est peut-être en danger...
Ô Visage-Pâle, tu es venu vers les Pieds-Noirs avec un cœur plein de ruse et de haine, pareil au lâche loup de la prairie. Mais te voilà maintenant attaché au poteau de torture. Et de longs supplices vont te faire payer cher ta perfidie.
Que me chante-t-il là?
Et maintenant, que mes jeunes guerriers exercent leur adresse sur ce Visage-Pâle au cœur de coyote. Et qu'ils le fassent souffrir longtemps avant de l'envoyer dans les ténèbres de la mort!
Mais... il est fou!
Le Sachem a bien parlé.

CLAC
Sachem, cette petite plaisanterie a assez duré! Détachez-moi et laissez-moi aller!
Le Visage-Pâle sait commander!... Mais, par le Grand Manitou! les Pieds-Noirs ne sont pas ses chiens. Le Visage-Pâle mourra! J'ai dit!
BOULES DE RÉSINE
Oh! j'ai une idée!
TIC
PLOP
Oh! une catapulte!...
Ça prend!
Voilà, sale "papoose"! Et si je t'y prends encore à me lancer quelque chose avec ta catapulte, je te scalpe!
Quelle audace! Oser ainsi traiter notre Grand Sachem, la Taupe-au-regard-perçant! Quel vilain petit "papoose"!
... Et que je ne te voie plus avant trois lunes, garnement!
On ne devrait pas laisser les "papooses" jouer avec des catapultes...
PLOP
Par le Grand Wacondah!... Toi aussi, tu oses manquer de respect à la Taupe-au-regard-perçant!!!
Moi?...
Oui!... Toi!...
Le Sachem a frappé mon frère! Et le Bison-Flegmatique n'avait cependant commis aucun crime!

BANG
Le frère du Bison-Flegmatique a osé frapper la Taupe-au-regard-perçant! Mort à Œil-de-Bœuf, le frère du Bison-Flegmatique!
Mort aux lâches coyotes qui osent attaquer Œil-de-Bœuf parce qu'il défendait son frère, le Bison-Flegmatique, injustement frappé par la Taupe-au-regard-perçant!
Ça va...ça va... Qu'ils se battent! Pendant ce temps-là, moi, j'en profite pour desserrer mes liens...
Ça y est, mes mains sont libres! Mes pieds, maintenant... Voilà... Filons...
Et à présent, il s'agit de savoir qui a excité les Pieds-Noirs contre moi... Ne serait-ce pas le bandit que je poursuis?
Les cris et les clameurs ont cessé. Le supplice doit être terminé. Je vais aller voir....
Tonnerre!... Là-bas!... Il s'enfuit!... Et il a knock-outé toute la tribu!... Quel type!... C'est invraisemblable!...
Ça y est!... Ils sont à mes trousses!
PAN
PAN
!
Un coup de feu!... Pourvu qu'il ne soit pas arrivé malheur à Tintin!
Non, ce ne sont pas les Indiens! C'est mon bandit!... Je m'en doutais! Je comprends à présent l'hostilité des Indiens à mon égard...
Aïe!... Il me vise encore!
PAN
?

Tonnerre! quelle chute!... Ce cañon a au moins trois cents mètres de profondeur... On en distingue à peine le fond...
Vite!... Vite!.. Il faut sauver Tintin.
Voilà qui est réglé. Ce petit blanc-bec ne me mettra plus jamais des bâtons dans les roues.
Que regarde-t-il?... J'ai peur de comprendre... Tintin serait-il tombé dans ce précipice?...
Et maintenant, retournons à Chicago.
Wouah!... Wouah!... Wouah!...
Ah! mais... c'est le chien de Tintin!... Envoyons-le rejoindre son maître.
PAN
Wouaah!...
Eh bien, Milou? Il me semble que tu as suivi le même chemin que moi!...
Moi aussi; je suis tombé dans le vide. Heureusement j'ai pu m'accrocher à cet arbuste. Il a plié sous mon poids, a décrit un arc de cercle, et m'a lâché... Je suis tombé ici, sur cette plate-forme, au lieu d'aller m'écraser au fond de ce précipice...
Eh bien! ça c'est de la veine...
Nous ne sommes d'ailleurs sauvés que momentanément, car je ne vois vraiment pas comment nous pourrons jamais sortir d'ici...

Que renifles-tu là, mon vieux Milou?... Aurais-tu trouvé quelque chose?...
Çà, par exemple! voilà qui est drôle!... On dirait une galerie!... Et si nous essayions de la suivre?
Allons-y!...
Où va-t-on?
Fais bien attention, Milou!... Pas d'imprudence!...
Ça monte de plus en plus...
Où cela va-t-il nous mener?
Une grande caverne décorée de dessins indiens...
C'est probablement dans cette grotte que se réunissaient les Pieds-Noirs, lorsqu'ils étaient traqués par leurs ennemis...
Et voilà l'autre issue...
Ça monte toujours!... Où cette galerie va-t-elle nous conduire?...
Ah! voilà que cela descend, maintenant...
Et voilà que cela remonte de nouveau, brusquement...
Me voilà enfin débarrassé de ce damné petit reporter. Et maintenant, avant de nous remettre en route, mangeons un petit morceau. Bon appétit, mon cher Tintin!...
Voilà qui est étrange!... Il doit y avoir un tremblement de terre!... Le sol vibre sous moi...
?
Oh! que c'est lourd!...

!?!
!
Au secours! Le fantôme de Tintin!...
Ça, par exemple! quelle coïncidence!... Vraiment, il n'a pas l'air très content de me revoir!...
Ce bandit a eu la délicate attention de me préparer un délicieux petit dîner... Je lui en suis très reconnaissant car, réellement, je meurs de faim...
Et moi donc!...
Sachem!... Sachem!... J'ai vu un fantôme!... Le fantôme du petit Visage-Pâle!... Il était mort, j'en suis sûr!... Je l'avais touché d'une balle et il était tombé dans le cañon... Et maintenant, il vient de surgir de terre!...
Comment?... Il sortait de terre?... Alors, c'est qu'il a découvert le secret de notre caverne!... Ô Visage-Pâle, conduis-nous. Il faut en finir avec ce petit coyote!
C'est à deux milles d'ici!...
Par le Grand Manitou! Son scalp ornera mon wigwam!...
Le Visage-Pâle-aux-yeux-cerclés-d'écaille a une âme de squaw!...
?
WOUIT
Il nous a échappé, le gredin!
Eh bien! vous n'avez qu'à le poursuivre!
En avant! Que mes jeunes guerriers me suivent!
Allons!... Allons!... Plus vite que ça!... On dirait, ma parole! que vous avez peur de suivre votre chef...

Voilà déjà plus d'un quart d'heure qu'ils sont là-dedans. Je me demande ce qui se passe...
Ah! enfin, Vous voilà!... Eh bien?...
Le Grand Wacondah a donné la victoire à ses guerriers! Le Petit Visage-Pâle est vaincu.
C'est notre Sachem qui l'a combattu. Il le ramène avec lui!...
Ça va bien!...
La-Taupe-au-regard-perçant a, une fois de plus, bien mérité son nom! Après un dur combat dans l'obscurité, et avec l'aide du Grand Wacondah, j'ai pu vaincre le Visage-Pâle. Que mes jeunes hommes le retirent du souterrain!
Le voilà!... Il ne pourra plus jamais nous nuire, ce malfaisant coyote!
Par le Grand Manitou! ce n'est pas le jeune Visage-Pâle!
Nom d'un Calumet! Je me suis trompé!... C'est le Canard-Enroué!...
J'ai une idée!... Laissons là le petit Visage-Pâle: il finira par mourir de faim dans son trou...
Faites ce que vous voulez, mais qu'il disparaisse. Cela n'a que trop duré!...
De ce côté-ci, un énorme rocher; de l'autre côté, le vide! Que voulez-vous qu'il fasse?... Il ne peut échapper à la mort...
Sois sans crainte, mon vieux Milou: nous ne moisirons pas ici. Ils croient nous emprisonner, mais nous en sortirons. Tu vois, je vide mes cartouches; je mets cette poudre en tas. Bon, voilà qui est fait... Et maintenant, faisons sauter leur rocher.
Tu crois que ça ira?...
Attends-moi un instant, Milou. Je vais placer ma mine...
Tâche surtout de ne pas nous faire sauter nous-mêmes!
Ça y est!... Attention!... Tu vas entendre une belle explosion!... Et le rocher sautera comme un bouchon de champagne!... Dans un instant, nous serons libres!...

PUITCH
?
Malheur! il n'y avait pas assez de poudre!... Que faire maintenant? Je n'ai plus de munitions!...
Allons! courage, Milou!... Il faut absolument sortir d'ici. Au travail! Essayons de creuser une autre issue!...
Je veux bien, moi... Mais si tu crois que ça va se faire en cinq minutes...
Ça va... Ça va... Lentement, bien sûr, mais ça va... Nous y arriverons, Milou, tu verras... Allons-y! encore un petit effort... Tiens? la terre devient humide...
En effet!... Et puis, quelle drôle d'odeur...

Çà, par exemple!... Du pétrole!... Et personne pour capter cette fortune liquide!
Et moi qui croyais que le pétrole, on trouvait ça dans des bidons...
Hello, boy!... Voilà le contrat. Signez! Je vous offre 5000 dollars pour votre puits de pétrole!...
Co... comment avez-vous su qu'il y avait un puits de pétrole ici?... Il y a dix minutes à peine qu'il a jailli...
Le flair, old boy!... Un businessman américain ne se trompe jamais!
N'écoutez pas ce vieil animal!... Signez ici!... 10.000 dollars pour ce puits de pétrole!...
Ne signez pas, old chap! Je vous en offre 25.000, moi!...
50.000!...
100.000!...
Je regrette infiniment, Messieurs, mais ce puits de pétrole ne m'appartient pas. Il est la propriété des Indiens Pieds-Noirs qui occupent la région.
Vous n'auriez pas pu le dire plus tôt?...
Voici vingt-cinq dollars, vieil hibou!... Vous avez une demi-heure pour faire vos paquets et quitter le pays!...
Le Visage-Pâle est-il fou?...
Une heure après...
Deux heures après...
Trois heures après...
PETROLEUM & CACTUS BANK Ly LMTD
Le lendemain matin...
Quel est cet hurluberlu?
Dites donc, vous ne savez sans doute pas que les travestis sont interdits dans la ville?... Et puis, faites attention aux autos!... Vous vous croyez sans doute au Far-West!

Voilà bien notre chance!... A cause de tout cela, mon bandit a pu prendre le large. Comment retrouver sa trace, à présent?...
TCHOUK TCHOUK TCHOUK
Nous voilà comme des vaches, maintenant... Nous regardons passer les trains...
Tonnerre!... Je crois qu'il m'a reconnu!...
Oh! le voilà!...
Monsieur le chef de gare, à quelle heure part le train suivant?
Le suivant?... Demain, à la même heure!...
Ça y est!... Le scélérat m'échappe encore!... À moins que...
Oh!... Là-bas!... Regardez!...
Grand Dieu! ma machine qui part toute seule!...
Au revoir!... Nous vous enverrons des cartes postales!...
Excusez-moi: je ne fais que vous l'emprunter...
Hourra!! nous gagnons!... J'aperçois déjà la fumée de l'autre train!...

Allô?...Poste 152?... Il y a une locomotive folle sur la ligne... oui... Il ne faut pas qu'elle rattrape l'express...Aiguillez-la sur la voie 7...
Entendu,chef! Comptez sur moi.
Diable! il était temps, en effet... Voici l'express qui arrive,suivi de la locomotive emballée...
Zut, zut et zut!...On nous a aiguillés sur une autre voie...
Vite, arrêtons-nous et faisons machine arrière! Nous reprendrons la bonne voie...
Malédiction! la commande du frein est cassée!Je comprends, maintenant! Cette machine était en réparation!...
POSTE 16
Il n'y a qu'un moyen,mon vieux, pour dégager cette voie: la dynamite. Nous avons d'ailleurs tout le temps: il ne passe un train que demain matin...
En tout cas, mon vieux Slim, c'est une fameuse chance que nous ayons découvert ce quartier de roc sur la voie. Vois-tu l'express de demain matin entrer en collision avec lui?... Quelle catastrophe!...

Slim!...Une locomotive!... Vite! allume la mèche ou elle va s'écraser sur le rocher...
Horreur! nous sommes perdus!... Il y a un énorme roc sur la voie.
SCHHH
BOUM
Eh bien! il en a eu, de la chance!... La dynamite a sauté juste à temps! Deux secondes plus tard, et c'était l'aplatissement total et défini-tif...
Mon Dieu, Bill!...Le wagonnet avec nos outils et la réserve de dynamite!...Il est resté sur la voie, à cinq cents mètres d'ici!...C'est la ca-tastrophe!...
Eh bien! mon vieux Milou, nous pouvons nous vanter d'avoir eu de la veine...
DYNAMITE
BOUM

C'est épouvantable!...Épouvantable!...
Quel désastre!... Quel désastre!... Ils doivent être pulvérisés!....
Hello, Bill!...Voici tout ce que j'ai trouvé d'eux.... C'est ter-rible!...
Épouvantable!...
Affreux!...
HELLO
HELLO
?
?
Hello!
Où est mon chien?
Votre chien? Je ne sais pas, old boy. Nous n'avons rien retrou-vé.
Pardon, Monsieur, pourriez-vous me dire où se trouve ma charrette?...
Allons, cherchons!... Milou ne peut avoir disparu ainsi...
J'ai pourtant regardé partout.
Ah! te voilà enfin, mon vieux Milou! Je savais bien que je finirais par te retrouver, mon bon vieux camarade!
Dis donc, Tintin, si tu crois que c'est gai de rester sous cette espèce de cloche à fromage...
Comment? Vous partez?... Voyons, vous ne pouvez pas vous en aller ainsi...
Si, il faut que je reparte tout de suite. Je suis à la poursuite d'un dangereux outlaw...

Et maintenant, en avant! Grâce aux vivres que ces braves gens m'ont donnés, je puis m'enfoncer sans crainte dans le désert.
A 80 milles de là, dans une petite ville...
Oui, c'est tout ce que je sais... Ce matin, lorsque je suis arrivé à la banque, comme d'habitude, j'ai trouvé le patron dans cet état, et le coffrefort ouvert... J'ai donné l'alarme. On a immédiatement pendu sept nègres, mais le coupable s'est enfui...
Son coup fait, il a sauté par la fenêtre. Regarde, là, ces empreintes. Elles sont caractéristiques: il n'y a qu'une seule rangée de clous à la botte droite...
Grâce à ces traces, nous l'aurons vite rejoint...
Par la Madre de Dios!... Ces empreintes vont me jouer un vilain tour...
!
Caramba! un homme!... S'il mé voit, jé souis pris!... Oh! oh! il dort!.. Eh bien! foi dé Pedro, yé crois qué y'ai oune bonne idée...
S'il bouge, s'il sé réveille, tant pis pour lui!...
Voilà qui est fait!... À présent, yé suis bien tranquille!...

Aaaah!...Allons! finie la sieste! En route, Milou : il faut repartir...
Tiens, tiens! voilà qui est extrêmement curieux! Ce ne sont pas mes bottes, ça!...Celles-ci sont cloutées et munies d'éperons. Ça, par exemple, c'est extraordinaire!...
C'est vraiment extraordinaire...
Regarde les traces, là... On dirait qu'il a essayé de les brouiller...Mais ça ne prend pas!... Nous l'aurons bientôt rattrapé...
Extraordinaire...
Stop!
?
Au nom de la loi, je vous arrête!
!
Mais pourquoi? Je proteste!...
Ah! tu protestes?...Et la Banque de l'Ouest, hein?...Et son directeur?...Et les dollars?...
Nous serons à la ville dans la soirée...
Les voilà!...Les voilà!...Ils viennent d'arriver avec le criminel!
Lynchons-le!...
Rien à faire, Fred! Ils vont le lyncher!...

Ho... Hisse!...
Riez! Riez!... Ca peut arriver à tout le monde, non?...
Pendant ce temps...
Voici les événements de la journée d'hier, d'après le professeur W. R. Law, directeur de l'Office des statistiques : 24 banques ont fermé leurs guichets : 24 banquiers ont été arrêtés. On a kidnappé 35 bébés...
SHERIFF
44 nègres ont été lynchés. 150 gallons d'eau de Javel champagnisée ont été saisis par la police : le Coroner et 29 policiers sont à l'hôpital...
Nous apprenons à l'instant que le fameux bandit Pedro Ramona a été arrêté au moment où il essayait de franchir la frontière. Il a avoué être l'auteur du vol commis dernièrement à la Banque de l'Ouest.
By Jove!... Et alors, l'autre?... Celui qu'on est occupé à lyncher?... Il est donc innocent?... Pourvu que...
Il faut absolument le sauver!... Il ne sera pas dit que le Sheriff aura...
Vite, encore un verre : le dernier... aura laissé lyncher un innocent... D'autant plus que je suis le seul ici à savoir qu'il n'est pas coupable...
Courons!... Décidément, ce whisky est délicieux... Allons! le coup de l'étrier...
Encore un tout petit verre : cela me donnera des forces...
Allons arrêter... la... heuh... La pendaison...
Il faut que j'arrive à temps pour... hic... arrêter l'innocence d'un pendu... hic... non... la pendaison d'un innocent... Comme c'est drôle!... Si je ne disais rien... il serait... hic... pendu!... Hi! hi! hi! hi! que c'est drôle ... hic...
Et moi je dis que... hic... le coupable est innocent!.... C'est... hic... la radio qui... heuh!... C'est le whiskyky.... qui... est coupable...
VOLSTEAD ACT
QUICONQUE SERA TROUVÉ EN ÉTAT D'IVRESSE..
PRISON
AMENDE
CONFISCATION
SEVERITE IMPLACABLE
Le Sheriff
RRRON
RRRON
Alors, vous y êtes?...

Cette fois-ci, mon vieux, tu n'y couperas pas! Ma réputation est en jeu et...
Encore raté!!
Quel maladroit!...
Je vais le pendre moi-même!...
Non, non!... C'est moi qui vais m'en occuper! Vous allez voir!
Laissez-moi faire!
C'est moi qui le pendrai!
Non, c'est moi!
Non, moi!
Inutile d'essayer de leur expliquer que je suis innocent! Essayons plutôt de filer! Et en vitesse...
Aïe! ça y est!... Ils se sont aperçus de ma fuite. Ils me donnent la chasse!...
Évidemment, c'est Jimmy, sur son fameux mustang, qui a pris la tête. Tu verras, c'est lui qui mettra la main dessus, le veinard...
Tiens? je ne le vois plus... Il était pourtant près de cet arbre quand je l'ai aperçu pour la dernière fois!... En tout cas, aussi vrai que je m'appelle Jimmy, je l'aurai!...

Il n'a pas dit ouf! le monsieur!
Sauvés!...Ils ont abandonné la poursuite!...
Voici le soir qui tombe. Nous allons camper ici, mon vieux Milou, et demain, nous nous remettrons en route.
Un puma!...
Et un daim!... Depuis quand les daims poursuivent-ils les pumas?...
Mais...mais, que se passe-t-il donc?...
La prairie est en feu!...
Pas une seconde à perdre!... Fuyons!...
Diable!...Le feu gagne sur nous...
Rejoints!...

Eh bien! mon vieux Milou, il était temps!...
Pfuh...
Eh bien! Mon vieux Tintin, il faut avouer que nous avons eu de la chance!...
Je pense que nous rejoindrons bientôt la voie ferrée...
Tu vois? La voilà!... Nous n'avons plus maintenant qu'à suivre cette voie jusqu'à la gare la plus proche.
Nous allons de nouveau jouer au train, dis?
Aussitôt que nous serons arrivés, nous essayerons de retrouver la trace de notre adversaire.
Tchouk!... Tchouk!...
Sans doute, cela ne sera-t-il pas facile, mais bah! nous verrons bien!...
Oh! oh! une poutre sur la voie!... Et juste dans un tournant!... Ce doit sûrement être un attentat!
Pas d'erreur, quelqu'un veut faire dérailler le train!....
J'ai déjà flairé cette piste-là...
Bizarre... Je ne vois personne....
Ah! sapristi!.. Quelle bonne surprise!... C'est notre ami Tintin!... Comme on se retrouve, hein!... Je suis certain que vous étiez à ma recherche, pas vrai?

Eh bien! je suis heureux de vous avoir épargné la peine de me chercher plus longtemps!... À propos, je comptais faire dérailler l'express. Le fourgon postal transporte 250.000 dollars, vous comprenez?... Mais, tout bien réfléchi, j'y renonce...
Oui, j'y renonce. Je préfère laisser le train poursuivre sa route. C'est gentil n'est-ce pas?... Mais, bien entendu, j'aurai eu soin de vous attacher sur la voie....
Quoi?... Que dit-il?...
!
Milou!... Milou!...
OH!..
Sale cabot!... Il est aussi enragé que son maître!....
Brute!
Très bien, Bill... N'est-ce pas, mon petit ami, qu'il s'y entend à ficeler son homme!..
Et voilà, old fellow!... L'express passe dans quinze minutes! Il vous reste donc un quart d'heure pour réfléchir aux petits inconvénients qu'il y a à vouloir s'attaquer à un homme comme Bobby Smiles!..
Hélas! rien à faire!... Le gaillard s'y connaît: les nœuds sont solides... Tintin, mon ami, je crois que, cette fois, tu es perdu!
TCHOUK
TCHOUK
TCHOUK
TCHOUK

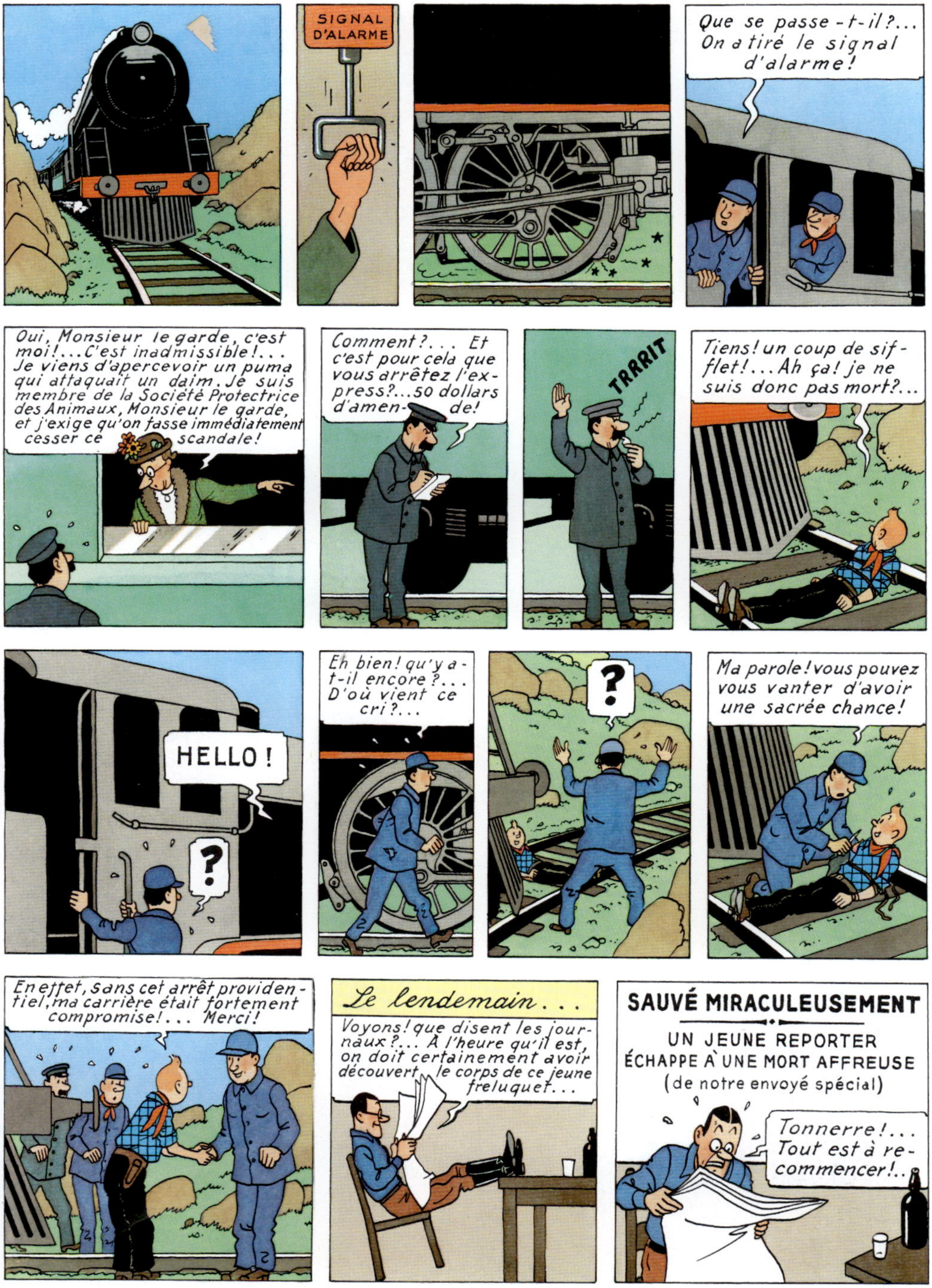
SIGNAL D'ALARME
Que se passe-t-il?... On a tiré le signal d'alarme!
Oui, Monsieur le garde, c'est moi!...C'est inadmissible!... Je viens d'apercevoir un puma qui attaquait un daim. Je suis membre de la Société Protectrice des Animaux, Monsieur le garde, et j'exige qu'on fasse immédiatement cesser ce scandale!
Comment?... Et c'est pour cela que vous arrêtez l'express?...50 dollars d'amende!
TRRRIT
Tiens! un coup de sifflet!...Ah ça! je ne suis donc pas mort?...
HELLO!
?
Eh bien! qu'y a-t-il encore?... D'où vient ce cri?...
?
Ma parole! vous pouvez vous vanter d'avoir une sacrée chance!
En effet, sans cet arrêt providentiel, ma carrière était fortement compromise!... Merci!
Le lendemain...
Voyons! que disent les journaux?... À l'heure qu'il est, on doit certainement avoir découvert le corps de ce jeune freluquet...
SAUVÉ MIRACULEUSEMENT
UN JEUNE REPORTER ÉCHAPPE À UNE MORT AFFREUSE
(de notre envoyé spécial)
Tonnerre!... Tout est à recommencer!..

Il en fera une tête, Bobby Smiles, lorsqu'il me verra reparaître devant lui!
Oh! oh! le pays devient montagneux...
La piste est encore toute fraîche, Tintin.
Une cabane, là-haut!... Serait-ce là?... Voilà un repaire réellement bien choisi : un véritable nid d'aigle!...
Il va falloir grimper là-haut?
Ha! ha! le voilà!... Il a donc retrouvé ma trace!... Eh bien! tant mieux!
Nous n'avions pas encore fait de l'alpinisme. Nous voilà servis, Milou!...
Tu sais, Tintin, ça c'est du grand sport...
Attention!... Il y est presque... Mon cher petit ami, nous allons bien rire...
Là! ça y est!... Et maintenant, Tintin, on n'entendra plus jamais parler de toi...
BOUM
Ciel! il a fait sauter un pan de rocher, le gredin! Nous sommes perdus, Milou!...

Bien sûr, il a fallu employer les grands moyens, mais, tonnerre! je suis arrivé à mes fins!...
Mon cher ami Tintin, à ta santé!...
À la vôtre!...
Un revenant!...
Un revenant, vous avez raison. Si je n'avais pas été protégé par une anfractuosité de rocher...
...je ne serais plus de ce monde!...
Eh bien! tu n'as rien perdu pour attendre!...
PAN
Que pensez-vous de ça, Monsieur Smiles?
Croyez-moi, il vaut mieux vous soumettre! Vous l'avez vu, je ne rate jamais mon but.
Si tu bouges, gare à toi!
Trois jours après, à Chicago...
Allô?...Oui...Ici, le chef de la police, oui...Oui, toujours sans nouvelles de Tintin...Plus trace de lui depuis deux mois?...Cela devient vraiment inquiétant!...oui...
Entrez!...
TOC TOC TOC

Monsieur le chef de la police?... Nous avons un colis pour vous. Il est d'ailleurs diablement lourd.
HAUT
FRAGILE
BAS
Qu'est-ce que c'est que ça?...
HAUT
FRAGILE
BAS
?
Allô, l'Agence Pressa?... Ici, le chef de la police. Vous pouvez annoncer que Bobby Smiles, le gangster bien connu, a été capturé, après une poursuite de plusieurs semaines, par le jeune reporter Tintin. Bobby Smiles vient de m'être livré à domicile, par colis postal... Oui, par colis postal, vous pouvez l'annoncer...
Le lendemain...
Reste tranquillement ici, mon vieux Milou. Le temps d'aller chez le chef de police, et je reviens.
À bientôt.
Je suis le directeur du World's Music-Hall, Monsieur Tintin. Je vous engage aux appointements de 1.000 dollars par semaine. Voici un chèque de 5.000 dollars, pour vos premiers frais.
Monsieur Tintin, la General Broadcasting Corporation m'a chargé de vous offrir 2.000 dollars par semaine pour parler à la radio.
5.000 dollars par semaine!
Je suis chargé par la Paramoule de vous engager pour tourner dans un film d'aventures!
10.000 dollars pour nous permettre de reproduire la silhouette de Milou sur nos boîtes de biscuits pour chiens, avec le slogan: Je brave tout, grâce aux biscuits „Milou„!...
Monsieur Tintin! Monsieur Tintin! Ecoutez-moi! Laissez-moi vous convertir à la nouvelle religion néo-judéo-bouddho-islamo-américaine, dont les dividendes sont les plus élevés in the world.
?
Votre chien ne vous sera rendu que contre une rançon de 50.000 dollars. Si vous acceptez, placez un mouchoir blanc à votre fenêtre. Si vous refusez, vous ne reverrez jamais votre cabot...

Allô?... Allô?... Le central de l'hôtel?... Ici, Tintin!... Oui... On vient d'enlever Milou, mon chien!... Ne laissez sortir personne... Comment?... Un détective!... Bon...
Que faire? Que faire?... Ne pas accepter, c'est condamner Milou à mort! D'un autre côté, céder aux menaces, jamais!... Alors?... Que faire, mon Dieu! que faire?...
TOC TOC TOC TOC
Entrez!...
Vous êtes Tintin?... Well!... On vous a volé votre chien. Rançon. Vous hésitez. Hein? Pas vrai?... Bon, vous voyez qu'on ne peut rien me cacher... Je me présente: Mike Mac Adam, détective de l'hôtel.
Enchanté!...
Vous permettez que je détecte?...
Voilà!... Votre chien dormait. Quelqu'un est entré, l'a chloroformé et l'a mis dans un sac. Le ravisseur est âgé de trente-trois ans et six semaines. Il parle anglais avec l'accent esquimau. Il fume des cigarettes Paper Dollar. Il porte des sous-vêtements de flanelle et des fixe-chaussettes de la même couleur. Il est facilement reconnaissable au tatouage qui orne son omoplate gauche!
Il boite légèrement du pied droit, où il s'est blessé en coupant un cor, avant-hier. Ah! un détail encore: il ronfle en dormant!... Lorsque je vous aurai appris que son grand-père fut scalpé par les Sioux, il y a quarante ans, et que notre homme a une aversion profonde pour les nids d'hirondelle sauce tartare, vous saurez tout ce que je sais de lui après un examen superficiel...
?
Dans une heure, je serai de retour... Avec votre chien, bien entendu!...
Quelle puissance de déduction!... Et quelle assurance!... Un véritable Sherlock Holmes!... Vraiment, je croyais que des détectives pareils n'existaient que dans les romans.
Une heure plus tard...
Entrez!
Hello! voilà votre chien!
?
Misérable!... C'est donc vous qui m'aviez volé Mirza!...

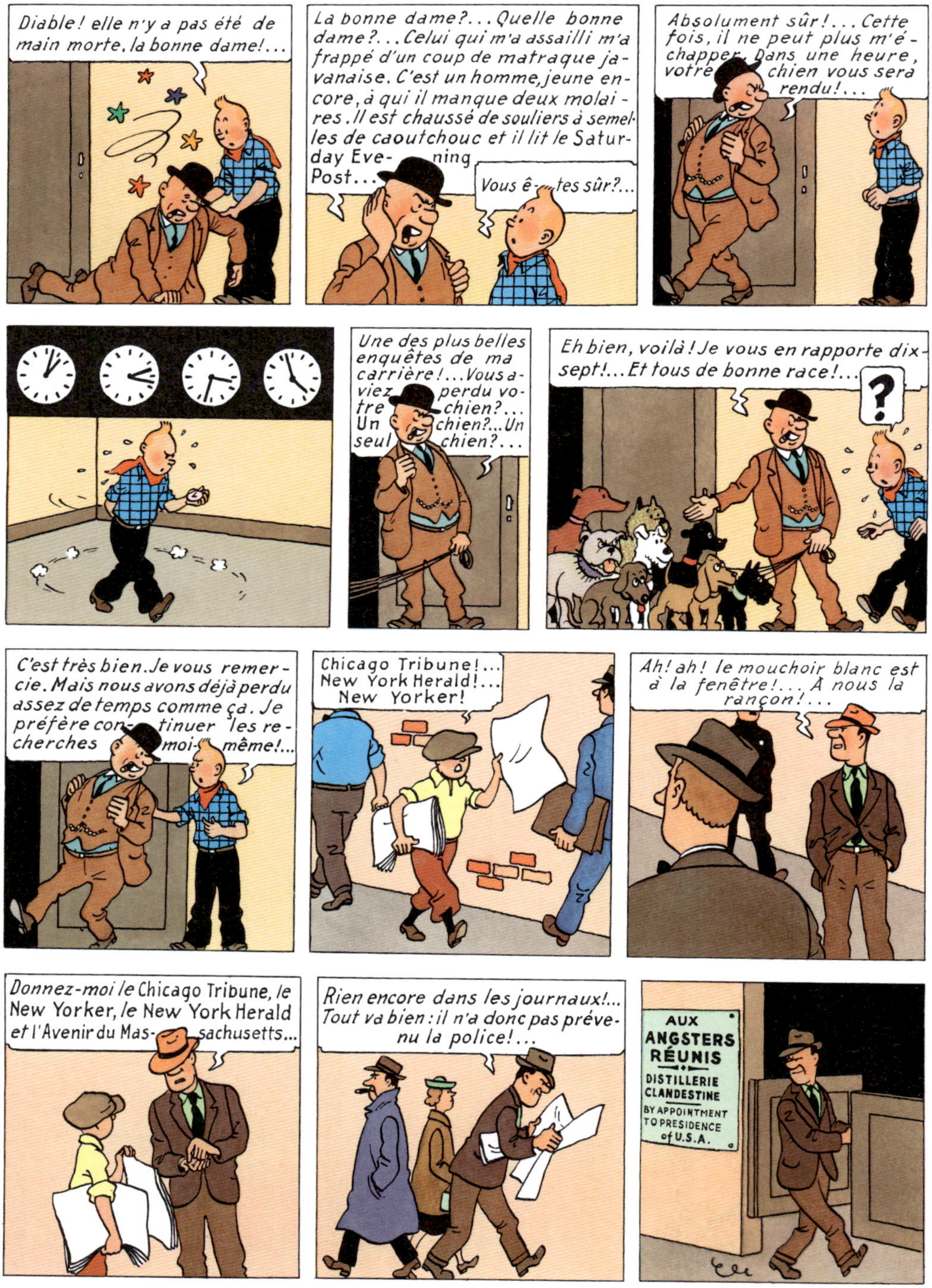
Diable! elle n'y a pas été de main morte, la bonne dame!...
La bonne dame?... Quelle bonne dame?... Celui qui m'a assailli m'a frappé d'un coup de matraque javanaise. C'est un homme, jeune encore, à qui il manque deux molaires. Il est chaussé de souliers à semelles de caoutchouc et il lit le Saturday Eve-ning Post...
Vous ê-tes sûr?...
Absolument sûr!... Cette fois, il ne peut plus m'échapper. Dans une heure, votre chien vous sera rendu!...
Une des plus belles enquêtes de ma carrière!... Vous aviez perdu votre chien?... Un chien?... Un seul chien?...
Eh bien, voilà! Je vous en rapporte dix-sept!... Et tous de bonne race!...
?
C'est très bien. Je vous remercie. Mais nous avons déjà perdu assez de temps comme ça. Je préfère continuer les recherches moi-même!...
Chicago Tribune!... New York Herald!... New Yorker!
Ah! ah! le mouchoir blanc est à la fenêtre!... À nous la rançon!...
Donnez-moi le Chicago Tribune, le New Yorker, le New York Herald et l'Avenir du Massachusetts...
Rien encore dans les journaux!... Tout va bien : il n'a donc pas prévenu la police!...
AUX ANGSTERS RÉUNIS
DISTILLERIE CLANDESTINE
BY APPOINTMENT TO PRESIDENCE of U.S.A.

Alors c'est entendu. À ce soir...
À ce soir!
C'est ici, sans doute, que mon pauvre Milou est retenu prisonnier. Mais comment savoir exactement où il se trouve?
WOUAH
WOUAH
WOUAAAAAAAH
WOUAH
C'est la voix de Milou! Là, au huitième étage! Il faut qu'on le torture pour qu'il hurle de la sorte!
Courage!... J'arrive!...
WOUAAAAAAAAH!
???
?

Je m'en vais néanmoins continuer à observer cette maison...
Attention! le voilà qui sort.... Oh! mon Dieu! ce paquet...
Je suis certain que c'est Milou!
Oh! il le frappe! Cette fois, il n'y a plus à hésiter...
Je vais faire le tour de ce pâté de maisons et l'attendre au coin de la rue...
Et voilà un bâton qui va m'aider dans mon entreprise...
Attention, maintenant!... Du calme et de la précision...
CLOP
CLOP
Oh!...Pardon!...
Diable!...Que se passe-t-il?...Si on me trouve ici, on va me prendre comme témoin!... Disparaissons!...
Sapristi! quelle gaffe! Filons, vite! Car si l'on m'attrape, je passerai un mauvais quart d'heure!...
PAN
PAN
A L'ÉPÉE DE DAMOCLÈS
ARMURIER

Vous, là-bas, le petit!... Oui, vous!...Suivez-moi...
Voici ce jeune vaurien, chef.
Votre nom?
Tintin, reporter...
Je suis désolé, Monsieur Tintin, désolé de vous avoir retenu si longtemps...
Cette mésaventure m'a fait perdre la trace du ravisseur de Milou. Je vais me rendre à l'endroit où je l'ai perdu de vue, et essayer de retrouver sa piste!...
C'est ici que j'ai, par erreur, assommé ce malheureux policeman. Continuons: je crois que nous sommes dans la bonne direction.....
Pardon, policeman, n'auriez-vous pas remarqué un homme, coiffé d'une casquette et portant un volumineux paquet sous le bras? Il a dû passer par ici, il y a une heure environ.
Oui, je l'ai remarqué. Il est passé par ici. Puis, au coin de la rue, là-bas, il a pris place dans une auto rouge qui semblait l'attendre et qui est partie dans la direction de Silvermount.
CONSERVES "LE CHEVALIER"
15 MILES
WRIGLEY'S
COCA COLA
L'auto rouge!... Elle vient de franchir la grille de ce parc...
Mystère...

Ainsi, vous avez réussi votre troisième enlèvement. C'est très bien. Je propose de monter cette affaire en société anonyme. Nous travaillerons en série. Nous distribuerons des prospectus ainsi conçus: pour vos rapts, adressez-vous à "L'Enlèvement S.A." Célérité. Discrétion. Mutisme des victimes garanti. Ville et province.
Un instant, je vous prie. Je vais vous soumettre les statuts de notre future association.
OW!
Que se passe-t-il?...
On dirait qu'il est tombé!...
?
?
Il a dû être frappé de congestion... Cours vite chercher un verre d'eau!...
OUCH!
?
?
Bill!... Allons, Bill, réveille-toi!...
WOUAC
Eh bien! voilà du bon travail!... Ffuut!. ...Je commençais à avoir chaud...
Et maintenant qu'ils sont hors de combat, il s'agit de retrouver Milou.

GOODNEWS
Sénateur
enlevé le 20 juin
rançon: 100.000$
M.R.C.SWORD
Général.
enlevé le 18 mai
rançon: 100.000
!
MILOU
Chien.
enlevé le 25 juin
rançon: 50.000$
Milou!... Milou!...
Wouah! Wouah!
C'est moi, Milou!... Encore un peu de patience! Je m'en vais chercher les clefs de ton cachot.
Que s'est-il passé?... J'ai la tête lourde!... Pourtant, je n'avais bu qu'un seul verre de whisky... Je me demande...
Hé là! du calme, s'il vous plaît!...
Me voici, mon brave Milou!... Tu vois que Tintin ne t'a pas abandonné.
Milou!... Mon vieux Milou!...
Et moi qui croyais déjà ne plus jamais te revoir...
A MESSIEURS
LES KIDNAPPE
Chut!... J'entends du bruit!... Un des bandits, là-haut, aura sûrement donné l'alarme. Un coup de sifflet... Soyons sur nos gardes.
Tu as un drôle de costume, Tintin...
Il est dans le château... Je vous donne dix minutes pour me l'amener ici, pieds et poings liés... Allons, ouste! filez!...

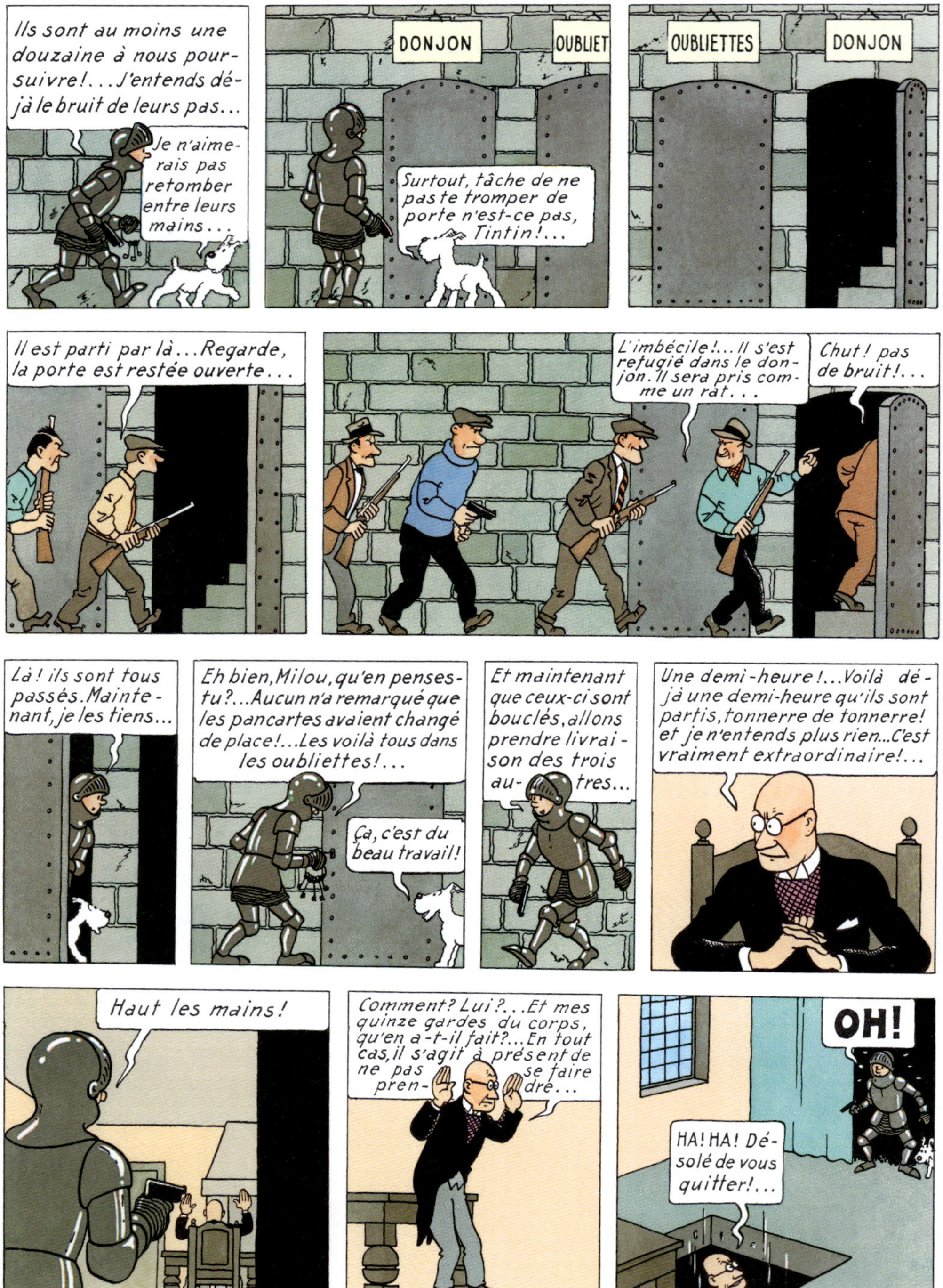

Ils sont au moins une douzaine à nous poursuivre!... J'entends déjà le bruit de leurs pas...
Je n'aimerais pas retomber entre leurs mains...
DONJON
OUBLIET
Surtout, tâche de ne pas te tromper de porte n'est-ce pas, Tintin!...
OUBLIETTES
DONJON
Il est parti par là... Regarde, la porte est restée ouverte...
L'imbécile!... Il s'est refugié dans le donjon. Il sera pris comme un rat...
Chut! pas de bruit!...
Là! ils sont tous passés. Maintenant, je les tiens...
Eh bien, Milou, qu'en penses-tu?... Aucun n'a remarqué que les pancartes avaient changé de place!... Les voilà tous dans les oubliettes!...
Ça, c'est du beau travail!
Et maintenant que ceux-ci sont bouclés, allons prendre livraison des trois autres...
Une demi-heure!... Voilà déjà une demi-heure qu'ils sont partis, tonnerre de tonnerre! et je n'entends plus rien... C'est vraiment extraordinaire!...
Haut les mains!
Comment? Lui?... Et mes quinze gardes du corps, qu'en a-t-il fait?... En tout cas, il s'agit à présent de ne pas se faire prendre...
OH!
HA! HA! Désolé de vous quitter!...

Le lendemain...
On annonce que le jeune reporter Tintin vient de capturer et de livrer à la police une bande de dangereux malfaiteurs spécialisés dans le rapt et l'enlèvement. Des documents d'une extrême importance ont été saisis. Seul, le chef de la bande a pu s'enfuir. Il est l'objet d'actives recherches...
L'objet d'actives recherches!... Ha! ha! ha!... L'objet va vous prouver qu'il s'en moque, de vos recherches!... Il a encore plus d'un tour dans son sac, l'objet!... Allô? Allô?... Tom?... Oui... Lui-même... Toujours chez Slift?...
Le lendemain...
Personnel
INVITATION
LES ÉTABLISSEMENTS SLIFT ONT L'HONNEUR D'INVITER M r. Tintin... À VISITER LEURS NOUVELLES INSTALLATIONS.
Tiens, tiens! une invitation des usines de conserves Slift. Je pense que ce doit être très intéressant. Eh bien! j'irai.
Nous irons, tu veux dire?...
Oui, pour combattre la crise, nous faisons des échanges. Les usines d'automobiles nous envoient leurs vieilles voitures et nous en faisons des boîtes de corned beef neuves, qualité garantie. De notre côté, nous leur fournissons les boîtes à conserves usagées que nos agents rassemblent dans le monde entier. Ces usines en font un modèle super-sport qui a beaucoup de succès...
Ah?
Vous voyez cette énorme machine? Eh bien! les bœufs arrivent par ici, sur un tapis roulant, à la queue leu leu...
...et ils en sortent de l'autre côté, sous forme de corned-beef, de saucisses, de graisse à frites... Tout se fait automatiquement.
Maintenant, si vous voulez bien me suivre, je vais vous montrer le fonctionnement de cette machine.
Si vous tombiez là-dedans, vous seriez aussitôt broyé par les énormes malaxeurs que vous voyez là, sous vos pieds...
Ce ne serait pas drôle...
Ha! ha! ha! ha!...
AIL
POIVRE
SEL
PLATCH

Ha! ha! ha! Vraiment, pour un reporter, je ne l'aurais jamais cru si naïf!... Le chef sera content!...
Allô? j'écoute... Allô?... Oui... Tom?... Ça y est?... Ah! très bien!... Parfait!... En corned-beef?... Tu es un type épatant!... Quoi?... 5.000 dollars?... D'accord, tu les auras...
Tout de même, si les usines Slift se rendaient compte des ingrédients qui entrent dans la fabrication de leurs conserves...
Eh bien, que faites-vous là, vous autres?... Vous n'avez rien à faire?... Et puis, qui vous a permis d'arrêter les machines?... Que se passe-t-il?..
Ce qui se passe?... C'est la grève!... La direction a baissé les prix auxquels on nous rachetait les chiens, les chats et les rats qui servaient à fabriquer le pâté de lièvre. Alors, vous comprenez...
Mais alors, Tintin?... Bon Dieu! pourvu que cette grève n'ait pas commencé trop tôt!... Que dirait le chef?...
DEFE
DE
FUM
Dieu soit loué! nous sommes indemnes!... Si cette machine ne s'était pas arrêtée tout de suite, nous sortions d'ici sous forme de corned-beef!...
Et ça arrive souvent, des accidents comme ça?...
Ah! mon Dieu! quelle joie pour moi de vous retrouver sain et sauf!... J'ai fait stopper immédiatement toutes les machines, mais quels mortels instants j'ai passés...
...et croyez bien, cher Monsieur, que je suis navré de cet accident qui, en plus de l'émotion, a dû vous donner une piètre idée de nos usines.
Au contraire, je suis charmé...
Tout cela me paraît louche... Cette invitation, ce monsieur si aimable, et puis, cet accident bizarre...
Oui, et puis, il avait une sale tête, ce monsieur.
Allô!... Allô!... Oui, c'est moi, chef... Je... tout est à recommencer!... Pendant que je vous téléphonais, une grève a éclaté, et toutes les machines ont été arrêtées!... Oui, hélas! sain et sauf!... Que... Que voulez-vous?... Je...
Vous n'êtes qu'un imbécile!... Quand on a une occasion pareille, on ne la laisse pas échapper... C'est bien! Je saurai que désormais je ne puis plus compter sur vous... Suffit... Quant à vos 5.000 dollars, évidemment, n'en parlons plus...

Allô...Voyons, chef, ne coupez pas!...Je... Allô?...Allô?...Allô?... Zut! il a raccroché!...
Oh! oh! j'ai bien fait de revenir. On entend ici des choses très intéressantes!
Quoi de neuf, Tintin?
Me voici en disgrâce!...
Allô!... Allô! oui... Encore toi?... Que me veux-tu encore?... Ah?... Ah! Ah!... Bien!... Très bien!... À la bonne heure! C'est merveilleux!... Je suis chez toi dans cinq minutes... À bientôt...
Monsieur Tom Hawake, je vous prie.
Monsieur Tom Hawake vous attend, Monsieur.
SLIFT & CO.
Bonjour, mon cher...
Comment?... C'est une plaisanterie?... Tu dis que tu n'as pas téléphoné?... Te moquerais-tu de moi, par hasard?... Hein?... Réponds!...
Diable! Ça barde, là-dedans! Ton coup de téléphone a fait de l'effet...
Voilà! Ça t'apprendra à te payer ma tête, imbécile!
Vous avez eu tort de laisser là votre pistolet, cher Monsieur...
?
Tort?... Vous croyez?... Pas tellement: ce browning n'est pas chargé!
Mais voici une arme bien meilleure: ma fidèle canne-épée...
...dont je vais me servir pour vous guérir, une fois pour toutes, de la fâcheuse habitude que vous avez de vous mêler de ce qui ne vous regarde pas...
TIC
C'est vraiment trop pointu!

ZUT!
Je m'en vais te clouer au sol, vermine!
Oh! tu ne perds rien pour attendre, petit gredin! Je vais te transformer en écumoire!
Je vais te pourfendre!...
C'est qu'il le ferait!
Au secours!
Sapristi! me voilà en bien mauvaise posture...
BANG
Mon Dieu! que se passe-t-il?... Ah! j'ai bien fait de me mettre à l'abri!...
WOUAAAAAAH! WOUAAAH!
?
WOUAAAAAH!
Mon pauvre Milou!...
Ne crains rien, ce n'est pas grave: tu seras vite guéri.... Et même s'il fallait te couper la queue, ce ne serait pas si terrible, après tout, pas vrai?...
Ah? tu trouves, toi? Mais ce serait épouvantable! Je perdrais là toute ma beauté!
USINES SLIFT
Et maintenant que toute la bande est capturée, nous allons pouvoir prendre un repos bien mérité!
PERDU CHAT NOIR BONNE RÉCOMPENSE
PERDU GRIFFON MIRZA
PERDU CHIEN BERGER
PERDU CHAT ANGORA GRIS

Oui, Messieurs...
... La situation est devenue intenable pour notre profession. En l'espace de quelques mois, deux de nos chefs les plus réputés, ainsi que leurs meilleurs collaborateurs, ont payé de leur liberté l'audace qu'ils avaient eue de s'attaquer à lui. Messieurs, cela ne peut durer davantage. Il y aurait bientôt autant de péril à pratiquer notre métier qu'à être bon citoyen! Au nom du Comité Central d'Aide et de Secours aux Gangsters Nécessiteux, je m'élève contre un tel état de choses. Je vous demande de faire trêve à vos querelles particulières et de former un front unique contre ce trouble-fête: j'ai nommé Tintin, le reporter! Unissons-nous donc contre cet ennemi commun et jurons de ne plus prendre aucun repos jusqu'à ce que ce reporter de malheur soit à plusieurs pieds sous terre... ou sous eau!... J'ai dit!
Hip! Hip! Hip! Hurrah!
Il a bien parlé!
Yes, très bien!
... Et je lève mon verre en l'honneur de ce jeune et modeste héros, reporter sans peur et sans reproche, qui, par sa tranquille audace, est parvenu, en peu de temps, à inspirer aux gangsters une crainte salutaire...
Ils ne sont pas gais, tu sais, ces dîners officiels...
Soyez assurés, Mesdames et Messieurs, que j'emporterai de ce trop court séjour en Amérique un souvenir inoubliable. Et c'est de tout cœur que je vous dis...
Ça y est... hic... Moi, j'ai... hic... J'ai le ho... hic... le hoquet...
ÉLECTRICI
?
?
?

Au secours!... À moi!...
Wouah! Wouah!
Mon Dieu! mon Dieu! Que se passe-t-il?...
Du sang-froid!... Du sang-froid!...
Du calme!... Ce n'est qu'un plomb qui a sauté, sans aucun doute...
Là-bas, Sir, regardez!... On a coupé le courant!...
?
C'est inouï, Messieurs! Tintin a disparu!...
C'est intolérable!...
Allô?... Allô?... Police?... Tintin a été enlevé!... Envoyez-nous tout de suite votre plus fin limier.
Je vous remercie d'avoir répondu si vite à notre appel... Voici ce qui s'est passé. Notre invité, Tintin...
Suffit! J'ai déjà reconnu son chien...
Si vous le ramenez sain et sauf, il y aura encore 5.000 dollars pour vous.
Dans une heure, guidé par son chien, j'aurai délivré Tintin et arrêté les coupables!...
Tout de même, ça n'est pas très rassurant, tout ce noir... Je me demande même si...
....Allons! secouons-nous, que diable! Ce n'est pas le moment de...
Drôle d'odeur!
?

Çà, par exemple! C'est inouï!...
Salut, mon vieux Milou! Je t'avoue que je n'espérais plus te revoir...
Mon cher Tintin...
Attention! voilà quelqu'un...
Ha! ha! ha!... Hello! comment allez-vous, Monsieur Tintin?
Dis donc, Sam, mes ordres ont-ils été exécutés?...
Oui, patron, les haltères sont ici...
Mon cher ami, voici de jolis haltères que nous allons vous attacher solidement aux pieds!... Évidemment, il ne vous serait pas facile de marcher en traînant cela derrière vous! Ha! ha! ha!... Mais il ne s'agit pas de marcher, Ha! ha! ha!...
Non, non, il s'agit de nager!... Oui! Ha! ha! ha!... Très drôle, hein!... Vous voyez cette trappe?... En dessous, c'est le lac Michigan... Vous comprenez?... Ha! ha! ha!... Il y a ici douze mètres de fond!... Et nous allons voir si vous pouvez vous maintenir à la surface!... Vous... et vos haltères, bien entendu!...
Quant à votre sale cabot, il vous accompagnera. Peut-être pourra-t-il vous donner un petit coup de main... Ha! ha! ha!
Adieu, Milou!...
Je ne t'abandonnerai pas Tintin!
Bon voyage!...
PLOUF
Terminez ainsi ma circulaire aux membres de notre association: Nous certifions que, sous nos yeux, le reporter Tintin a été précipité dans le lac Michigan, des poids de cent kilos aux pieds. Voilà. Faites tirer à 10.000 exemplaires!...

Ladies and gentlemen, j'ai le plaisir et l'honneur de vous présenter l'homme le plus fort du monde : Monsieur Bolivar (Hippolyte). Monsieur Bolivar (Hippolyte) va exécuter devant vous quelques-uns de ses plus extraordinaires tours de force.
BOLIVAR
L'arraché à une main, voilà la grande spécialité de Monsieur Bolivar (Hippolyte). Il va vous l'exécuter avec le sourire !... Allez-y, Monsieur Hippolyte !...
HOP !
?
?!?!
Mais qu'est-ce que vous me fichez là ?
Ce n'est pas ma faute, Monsieur... Je... je n'y comprends rien... On... on m'a volé mes haltères en bois !...
Tu y comprends quelque chose, toi, Tintin ?...
Rien du tout !... Je ne vois qu'une chose, c'est que ces haltères restent à la surface !...
La barre à bâbord, Dick ! Il y a quelque chose qui flotte, là-bas...
POLICE 34
Çà, par exemple, c'est extraordinaire !... On n'a jamais vu ça !... Un type attaché à des haltères... et qui flotte...
POLICE 34
POLICE 34
Je comprends ! Ce sont des haltères en bois !...
Vite, policeman, allez chercher du renfort !... J'ai été jeté à l'eau par des bandits ! Je connais leur repaire !... Il faut les arrêter tout de suite.

Ah! mais... je vous reconnais, vous!... Vous êtes Tintin, n'est-ce pas?... Eh bien! mon ami, vous jouez de malheur, car si cette embarcation est camouflée en vedette de la police, nous, nous faisons partie de la bande qui vous a jeté à l'eau!...
!
?!
Vite, Tintin, vite!... Dépêche-toi...
Une seconde, Milou, et je suis à toi!
Attention! voilà les autres qui arrivent...
Qu'ils viennent!... Je les attends de pied ferme!...
Dites donc, vous, le pilote!... Que préférez-vous? Nous conduire au poste de police le plus proche... Ou faire connaissance avec ceci?...
?!
...Et surtout, n'essayez pas de jouer au plus fin. Je vous tiens à l'œil!...
Quel hercule!...

Un coup de théâtre vient de se produire dans l'affaire Tintin. Le célèbre et sympathique jeune reporter, qui avait mystérieusement disparu, il y a quelques jours alors qu'il assistait à un banquet donné en son honneur, vient de faire sa réapparition en faisant arrêter, en leur principal repaire, les membres du Syndicat des Bandits de Chicago. 355 arrestations ont été opérées. De nombreux documents ont été saisis, ce qui fait prévoir encore d'autres arrestations. Il s'agit donc d'un véritable assainissement de la ville de Chicago. Dans les déclarations que Monsieur Tintin a bien voulu faire à la presse, il a dit avoir rencontré chez les gangsters des ennemis acharnés, féroces et implacables. Bien souvent, il fut sur le point de payer de sa vie l'audace qu'il avait eue de s'attaquer à eux. Aujourd'hui, enfin, il a triomphé de toutes les embûches. L'Amérique tout entière tiendra, nous en sommes sûrs, à prouver sa reconnaissance à Tintin le reporter, ainsi qu'à son fidèle compagnon Milou, vainqueurs des bandits de Chicago!...
VIVENT TIN & MILOU
Après une série de réceptions, Tintin s'embarque pour l'Europe...
C'est bien dommage... Je commençais à peine à m'habituer...
TOOOOOT
HERGÉ